Una piedra extraordinaria

EDICIONES
ekaré

Traducción: Verónica Uribe

Quinta edición, 2008

© 1994 Leo Lionni
© 1998 Ediciones Ekaré

Edif. Banco del Libro, Av. Luis Roche, Altamira Sur,
Caracas 1060, Venezuela · www.ekare.com

Publicado por primera vez en inglés por Alfred A. Knopf, New York
Título del original: An Extraordinary Egg

ISBN 978-980-257-239-7
HECHO EL DEPÓSITO DE LEY
Depósito Legal lf15119988002120
Impreso en China por South China Printing Co.

Una piedra extraordinaria

Leo Lionni

Ediciones Ekaré

En la Isla Pedregosa, vivían tres ranas: Marilyn, Augusto y otra que siempre andaba por ahí, vagando.

Esa otra se llamaba Jessica.

A Jessica todo le parecía maravilloso. Daba largos paseos
por la Isla Pedregosa, explorando y recogiendo cosas,
y regresaba al caer la tarde gritando:

—¡Miren lo que encontré!

Y aunque tan sólo fuera una piedrita común y corriente,
ella decía:

—¿No les parece extraordinaria?

Pero a Marilyn y a Augusto nada les impresionaba.

Un día, en un montón de piedras, Jessica encontró una completamente distinta a las otras. Era perfecta, blanca como la nieve y redonda como la luna en una noche de verano. Aunque era casi tan grande como ella misma, Jessica decidió llevársela a casa.

"¿Qué irán a decir Marilyn y Augusto cuando la vean?",
se preguntaba Jessica mientras hacía rodar la hermosa piedra
rumbo a la pequeña ensenada donde vivían las tres ranas.

—¡Miren lo que encontré! –gritó con voz triunfante–. ¡Una inmen
piedra redonda!

Esta vez, Marilyn y Augusto estaban de verdad asombrados.

—Esa no es una piedra –dijo Marilyn que sabía todo de todo–.
Es un huevo. Un huevo de pollo.

—¿Un huevo de pollo? ¿Y cómo sabes tú que es un huevo
de pollo? –preguntó Jessica que nunca había oído hablar de pollos

Marilyn sonrió:

—Hay cosas que una simplemente sabe.

Unos días después, las ranas escucharon unos ruidos extraños que venían del huevo. Miraron sorprendidas cómo el huevo se quebraba y cómo de adentro salía una criatura larga y escamosa que caminaba en cuatro patas.

—¿Ven? –gritó Marilyn–. ¡Yo tenía razón! ¡Es un pollo!

—¡Un pollo! –gritaron todas.

El pollo tomó aire, gruñó, miró una a una a las asombradas ranas, y preguntó con una vocecita rasposa:

—¿Dónde está el agua?

—¡Aquí mismo! ¡Enfrente! –gritaron las ranas emocionadas.

El pollo se lanzó al agua y las ranas se zambulleron detrás de él. Para la sorpresa de las tres, el pollo era un buen nadador, rápido también, y les enseñó nuevas maneras de flotar y chapotear. Lo pasaron fantástico y jugaron desde el amanecer hasta la caída del sol.

Y así fue por muchos días.

Y entonces, una tarde en que todos creían que Jessica
andaba vagando por ahí, Augusto y Marilyn vieron que
el agua de la poza se revolvía y arremolinaba. Alguien parecía
estar en peligro allá abajo. El pollo se lanzó al agua oscura
sin pensarlo. Augusto y Marilyn estaban asustados.

Después de unos largos minutos, el pollo reapareció sujetando a Jessica.

—Estoy bien –dijo Jessica tomando aire–. Me enredé en unas algas, pero el pollo me salvó.

Desde ese día, Jessica y su salvador se convirtieron en amigos inseparables. Adonde fuera Jessica, allá iba el pollo. Viajaron por toda la isla. Fueron al sitio secreto para pensar que tenía Jessica…

...y llegaron hasta la Gran Piedra.

Un día, fueron a un lugar donde Jessica jamás había estado.
Un pájaro rojo y azul voló hacia ellos desde un árbol.

—¡Aquí estás! —chilló el pájaro cuando vio al pollo—.

¡Tu madre te ha estado buscando por todas partes!

Ven, te llevaré donde ella.

Siguieron al pájaro por mucho, mucho tiempo.
Caminaron y caminaron, bajo el tibio sol y la fría luna,
hasta que...

...se encontraron con la criatura más extraordinaria que jamás habían visto.

Estaba dormida. Pero cuando escuchó al pollo decir
"¿Mamá...?", abrió lentamente un ojo, sonrió una enorme sonrisa
y con una voz suave como el susurro del viento, dijo:

—Ven aquí, mi dulce y pequeño caimán.

El pollo se subió feliz a la nariz de su mamá.

—Ahora debo irme –dijo Jessica–. Te echaré mucho
de menos, querido pollo.
Ven a visitarnos pronto,
y trae a tu mamá
también.

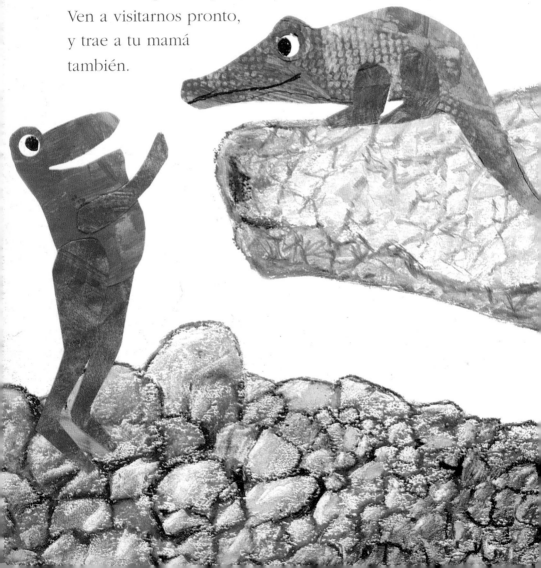

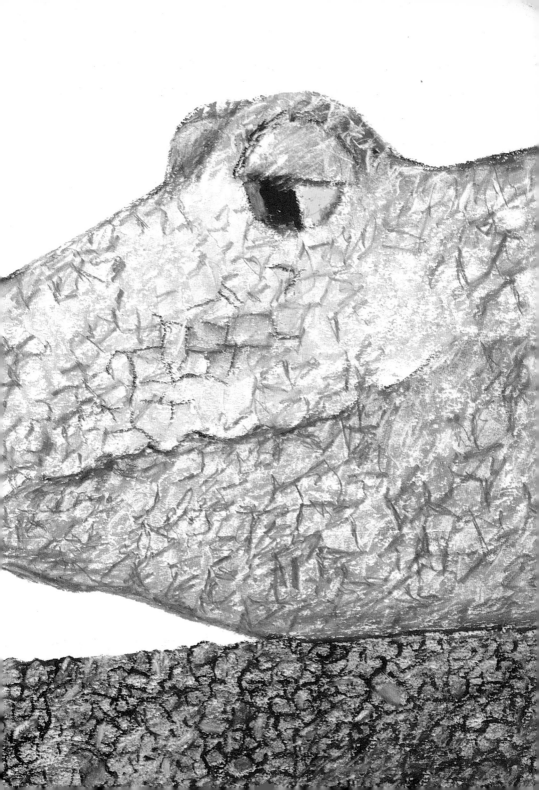

Jessica no podía esperar a decirles a Marilyn
y a Augusto lo que había sucedido. Cuando ya iba
llegando a la ensenada, gritó:

—¡Adivinen lo que pasó!

Y les contó todo.

—¿Y saben cómo le dijo la mamá al pollo?
–preguntó Jessica–. ¡Lo llamó: "mi dulce
y pequeño caimán"!

—¡Caimán! –dijo Marilyn–. ¡Qué cosa más tonta!

Y las tres ranas no podían parar de reírse.

Leo Lionni nació en Amsterdam, Holanda, en 1910 y pasó su infancia en Europa. Después de haber obtenido un doctorado en Economía, decidió dedicarse al diseño gráfico. En 1939 se fue a vivir a Nueva York, donde trabajó como Director de Arte en varias corporaciones y fue nombrado jefe del Departamento de Diseño Gráfico de la Escuela Parsons. Por sus importantes contribuciones en el campo de las artes gráficas, obtuvo en 1984 la Medalla de Oro del Instituto Norteamericano de Diseño Gráfico.

A pesar de haber publicado más de treinta libros para niños, Lionni era ya abuelo cuando escribió su primer cuento. Sin embargo, como siempre supo que se embarcaría algún día en una carrera artística, comenzó muy joven a pintar piedras, plantas, caracoles y animales. Años después, estas formas naturales encontrarían un escenario narrativo en sus fábulas ilustradas, que han sido traducidas y premiadas en el mundo entero.